청어詩人選 251

버려진 껌딱지

이순오 시집

도서출판 청어

버려진 껌딱지

이순오 시집

시인의 말

제가 중학생이던 시절의 늦가을쯤이었을 거예요.
이른 아침 등굣길에 논둑을 따라서 걷다가 서리 맞은
하얀 소국이 무더기로 피어있는 곳을 지나가게 되었습니다.
작고 앙증맞은 꽃도 예뻤지만, 소국에서 풍기던 진한 향기는
30여 년이 지난 지금까지도 잊을 수가 없답니다.
누군가가 제게 가장 좋아하는 꽃이 무어냐고 묻는다면
전 그때의 소국을 말하곤 한답니다.
세월이 흐른 지금 그 자리에 소국은 사라지고 없지만,
제 마음속엔 지지 않는 소국 정원이 하나 들어서 있답니다.
글 향도 마찬가지겠지요.
많이 부족한 글이지만 제 글이 독자님의 가슴에 향기로
남을 수 있다면 더 바랄 것이 없겠습니다.

꽃은 피고 지고
사랑은 울고 웃고

꽃이 핀다고 무조건
열매를 맺는 것은 아니요
사랑이 깊다 하여 모두
맺어지는 것도 아니더라

꽃은 져도
향기는 기억되고
사랑은 떠나도
추억은 남는 것

질 것을 미리
염려하지 않고 피는 꽃처럼
아플 줄 알면서도
또다시 빠지게 되는 것

그것이 사랑이더라
그것이 인생이더라

차례

1부 그것이 사랑이더라

2부 버려진 껍딱지

3부 사랑한다고 말하지 말 걸 그랬어

4부 어머니도 내가 미웠을까

1부

그것이 사랑이더라

꽃은 져도 향기는 기억되고
사랑은 떠나도 추억은 남는 것

질 것을 미리
염려하지 않고 피는 꽃처럼
아플 줄 알면서도
또다시 빠지게 되는 것

흐르는 것은

흐르는 것은
막을 수가 없다오

헤엄치듯 흘러가는
강물이 그렇고

미끄러지듯 흘러가는
세월이 그렇고

당신을 향해 흘러가는
내 마음이 그렇다오

흐르는 것은
그 무엇으로도 막을 수가 없다오

폭설 같은 사랑

어쩌자고
너의 가슴 한복판에
푹 빠져버렸을까

헤어나 보겠다고
발버둥 치다가 더 깊이
빠져버린 마음

차라리 너의
가슴속에 파묻혀서
영원히 살고 싶구나

폭설아! 내려라
더 높이 쌓여라, 내 마음이
영영 못 빠져나오도록….

첫눈에

첫눈이 내리는 날 첫눈에 반했어요
힐끗거리며 등 보이던 찬바람도
하얀 첫눈에 반해 돌아서 앉고
가뭇한 모습으로 투정하던 그대
순박한 미소 평화로움으로
하얗게 다가선 그대에게 반했어요

그대 설 띤 미소 어색만 하시더니
오늘은 감춤 없이 사랑한다고
다 털어놓으시니 할 말 잃었어요
내가 먼저 사랑한다고 말하기 전에
첫눈이 내리는 황홀한 날에
그대 처음처럼 첫눈에 반했어요

그대 사랑의 속삭임으로
밤별들 쏟아져 내리듯이
빛나는 수많은 사랑의 언어들과
그대 발자욱 내 가슴 위에 새기며
말 없는 눈빛의 속삭임으로
온몸 감싸며 오시니 설레어요

그대 눈 속에 사랑의 눈이 내려요
첫눈이 내리는 날 성스러움으로
따뜻하고 짜릿한 열기에 쌓여
이젠 외투를 벗어도 따뜻할 거예요
첫눈에 반한 첫눈의 첫사랑 같이
그대는 포근한 나의 사랑이어요

첫눈 내리던 날

낯익은 인기척이 느껴져
꿈결인 듯 눈을 뜬 새벽녘
창밖에 하얀 드레스를 입고
임이 미소 짓고 있네요

밤낮없이 찾아오는 지독한
그리움을 주체할 길 없어
만발 손짓으로 불렀어도
눈길 한 번 주지 않던 임

오지 않을 임이라면
그만 잊자, 잊어버리자
마음 훌훌 털어버리고
고목처럼 나 여기 서 있는데

임이 내게로 왔어요
포근하게 온몸 감싸주며
이제 사랑할 때가 됐대요
백설 같은 사랑입니다

장미

담장 밖이 궁금해
고개 내민 장미 아가씨
바람둥이 바람 다가와
사랑한다 유혹하네

속지 말자 다짐해도
흔들리는 눈동자를
눈치라도 챈 것일까
바람의 키스가 달콤하다

엿보려는 햇살을
구름이 살짝 가려주니
신이 나서 휘파람을
불어대던 바람

그늘진 담장 밑에
시들어 떨어진 꽃잎들이
소리 내어 엉엉 울고 있는데
바람은 간 곳이 없구나

외사랑

해가 지고 달이 뜨고
다시 해가 떠올라도
사그라들지 않는
그대 향한 그리움을
그대는 아시나요

내 두 눈이 멀어서
해도 달도 볼 수 없으면
그대 보고픈 마음
잠재울 수 있을까요

통통한 두 다리 부러져
홀로 걸을 수 없으면
그대에게 가고픈 마음
주저앉힐 수 있을까요

그립다고 말도 못 하고
끙끙 앓다가 끓어오르는
뜨거운 마음 주체 못해
이 가슴은 화상을 입어요

야화(夜花)

봉긋한 꽃송이에
달빛이 스며들면

숨죽이며 펼치는
꽃잎, 꽃잎들

감추었던 꽃향기에
정신마저 몽롱한 밤

달빛 스러질 때
따라서 지는 꽃잎

술을 마시며

속내를 감추려 해도
여시처럼 금세 알아차리고
이슬 같은 눈망울로 유혹하는
차마 거부할 수 없는 너

너의 볼 쓰다듬다가
눈을 마주 보고 있노라면
너의 분내에 가슴 설레고
난 살짝 입맞춤을 한다

점점 사랑스런 여인으로
내 품에 안기어 오는 너
오늘 밤은 나 홀로
외롭지 않아도 될 것 같아

너의 입술 뜨거워질수록
달아오르는 내 가슴
얼굴은 발그레 상기되고
밤새 사랑 타령 늘어놓겠네

소나기

맑았던 하늘인데
먹구름이 몰려온다
소나기라도 한바탕
쏟아지려는 것일까

고개를 들어 먼
고향 하늘 바라보니
까만 먹구름은 이미
하늘 문턱을 넘어섰네

밭일하시던 울 어머니
절뚝거리는 세(三) 다리로
호밋자루 옆구리 끼고
집을 향해 뛰어가시겠지

소나기야! 소나기야!
조금만 있다가 내리려무나
울 어머니 감기 드시면
이 가슴엔 소나기 내린단다

사랑해

자기야
사랑해

난
오랑해

누가
더 사랑할까?

사랑하는 사람아

사무치는 그리움에
오늘도 불러보는
사랑하는 사람아!
부르는 그대 이름은
가슴에서 메아리쳐
눈물 되어 돌아오네

내 두 눈이 멀면
그대 보고픈 마음
잠재울 수 있을까
내 두 다리 잃으면
그대에게 가고픈 마음
주저앉힐 수 있을까

내 기억 희미해져
사랑하는 이들 모두
기억 속에서 지워지면
그땐 그리운 당신을
잊고 살 수 있을까
내 사랑하는 사람아!

사랑이 아니라면

사랑이 아니라면
그대!
내게 눈길 주지 말아요
다정한 미소도 보내지 말아요

사랑이 아니라면
그대!
내게 다가오지 말아요
상냥한 말도 건네지 말아요

그대의
상냥한 말투 다정한 미소에
내 마음은 흔들려요
바람 없이도 춤을 추어요

사랑이 아니라면
그대!
내게 관심도 주지 말아요
바람같이 그냥 지나가요

사랑은 촛불 같아요

사랑은 촛불 같아요
순한 바람에도 흔들리니
꺼질까 봐 조바심이 나고
점점 줄어드는 심지
까만 재만 남으면, 그대
영영 못 볼까 두려워져요
곁에 있어도 그리워
줄줄 눈물을 흘립니다
사랑은 흔들리며 타오르는
바람 앞의 촛불 같아요

들꽃으로 살게 해주오

들꽃으로 살던 내가
어쩌다 당신 눈에 띄어
예쁜 화분에 심어져
햇빛 좋은 창가로 옮겨졌지요

들판에서 홀로 맞던
비바람의 두려움도 잊었고
당신이 보살펴주는 손길에
행복을 느낀 적도 있었어요

갈라진 목젖의 갈증을
풀어주던 한 바가지의 물은
맑고 깨끗했지만, 그래도
도랑물이 그리운 걸 보니

난 어쩔 수 없는 들꽃인가 봐요
당신의 사랑 듬뿍 받고 살아도
저 푸른 들녘이 그리워
밤마다 뛰어가는 꿈을 꿉니다

임아! 날 사랑한다면
들꽃으로 살게 해줘요
그냥 멀리서 바라봐 주세요
그대 마음 진정 사랑이라면….

맷돌

자웅(雌雄)이 만나 사랑하니
수액은 심장을 뚫고
하늘과 땅이 되었다

천둥과 비바람에
거친 파도가 하얀 포말을
일으키며 부서져 쏟아진다

사랑은 하늘과 땅의
부딪힘으로 닳고 닳을 때
해무(海霧)의 넋들도 춤을 춘다

양 갈래의 대교 위로
쏟아져 내리는 수액
흰 포말의 정액이 한 통이다

들국화 피던 날

꽃이라면 환장하지
벌건 대낮에 속삭이듯
사랑의 밀어 건네는
햇살은 바람둥이야

마음 여린 개나리도
성격 까칠한 장미도
새빨간 유혹에 넘어가
소문만 무성한 채 떠났어

관심 없는 척 외면하던
새침데기 들국화 소녀
수줍어 양 볼을 붉히면서
뒤늦게 사랑에 눈 뜨네

어쩌지, 어떻게 하지
속지 말라고 말할 틈도 없이
햇살의 유혹에 넘어갔네
손잡고 가을 문지방 넘어서네

도시의 밤거리

회색빛 도시에
어둠이 찾아들면
일제히 피어나는
화려한 꽃들의 향연

어느새 나는
꽃을 탐하는
꿀벌이 되어
꽃밭을 날아다닌다

오색의 꽃들이
저마다의 향기를
풀어헤치며 유혹하는
밤은 천상의 세계

입술 부르트도록
꽃술에 진한 키스하다
꽃향기에 취하면
그대로 잠들어도 좋으리

새벽이 날 찾아
마중 온 그때에도
꽃잎 속에 숨어서
난 모르는 척할 거야

당신은 나의 애물단지야

당신은
나의 애물단지야

밥 먹을 때도
외출할 때도

한시도 마음을
놓을 수가 없어

나 없이는
아무것도 못 하는 당신

당신은 나의
사랑스런 애물단지야

능소화

죽은 고목을
어지간히도 사랑하나 보다

새까맣게 말라버린 고목
뺏뺏하게 굳은 허리를
촉수 같은 손가락으로
더듬더듬 기어오르더니

부지깽이보다 가느다란
가지마다 연둣빛 이파리
나풀나풀 걸어놓고
주홍빛 꽃을 활짝 피웠다

입천장에 바짝 달라붙은
혓바닥은 떨어질 줄 몰라
숨겨온 둘만의 애틋한
사랑 이야기 들을 수 없고

벌건 대낮에 벌이는
둘의 뜨거운 정사(情事)
맨발로 달려 나온 칠월
그 하늘빛이 뜨겁다

눈에 네가 들어오면

눈에
티끌이 들어오면
아파서 눈물이 나오지만

눈에
네가 들어오면
행복해서 웃음이 나와

네가
영영 못 나오도록
나 두 눈 꼭 감을 거야

노란 고무줄

"당신은 노란 고무줄로
머리 묶었을 때가 제일 예뻐"

빗질도 하지 않고 대충 묶은
한 줌 밖에 안 되는
내 머리를 보고 당신이 말했지요

예쁜 머리끈들도 많은데
하필이면 볼품없는 노란 고무줄에
당신의 마음이 묶여버린 걸까요

멋이랄 것도 없는
그저 수수한 모습을
당신은 좋아하나 봐요

내 마음도 송두리째
당신에게 묶이고 말았어요
행복한 구속입니다

그림자

언제나
한결같은 표정으로
나를 따라다니는
말이 없는 너

내가 멈추면
따라서 멈추고
조용히 바라보며
항상 내 곁을 지키네

비라도 내리는 날이면
심한 우울증에 앓아눕지만
햇볕 좋은 날엔 신이 나서
아침부터 졸졸 따라다니지

언제나 함께하자고
우리 약속한 적 없지만
무언의 눈빛으로 교신하는
너와 나는 은밀한 관계

세상이 날 비웃으며
등을 돌려 외로울 때도
나만 믿고 따라와 줄
넌 내 안의 또 다른 나

금계국

양손에 꼭 쥐고 있는
샛노란 양산들
오뉴월 볕이 뜨거워
펼쳐 든 양산인 줄 알았는데
그게 아니었어
밤마다
뱅그르르 편 양산 위로
달빛 별빛 내려와 사랑하다
새벽녘 아쉬운 헤어짐에 흘린
눈물 같은 이슬방울들
내다 말리고 있었던 거야
축축하게 젖은 양산
행여 바람에 날아갈까 봐
양손에 꼭 잡고서….

그것이 사랑이더라

꽃은 피고 지고
사랑은 울고 웃고

꽃이 핀다고 무조건
열매를 맺는 것은 아니요
사랑이 깊다 하여 모두
맺어지는 것도 아니더라

꽃은 져도
향기는 기억되고
사랑은 떠나도
추억은 남는 것

질 것을 미리
염려하지 않고 피는 꽃처럼
아플 줄 알면서도
또다시 빠지게 되는 것

그것이 사랑이더라
그것이 인생이더라

2부

버려진 껍딱지

바람아!
건들지 마라
숨기고픈 과거
애써 들추려 하지 마라
너 지나온 길
지난밤에 들었느니라

감(感) 떨어진 날

아침 출근길
여기저기 둘러봐도
주차할 공간은 이곳뿐인데
하늘을 올려다보니
잘 익은 홍시 몇 개가
감나무 가지 끝에서 대롱거린다
“설마!
오늘 떨어지기야 하겠어?”
퇴근길에 차를 보니
대롱거리던 홍시 한 개가
자동차 옆유리에 떨어져
엎질러 놓은 팥죽처럼
줄줄 흘러내리고 있다
아차!
홍시는 언제 어느 바람에
떨어질지 모르는데
내가 방심했구나
감(感) 떨어진 날
홍시가 떨어졌다

다이어트

다짐하고
또 다짐을 해도
3일이면 무너지는 마음
그래, 다시 시작하는 거야

이제 겨우 50대 초반인데
울퉁불퉁 펑퍼짐한 몸매
아직은 어울리지 않아
예쁜 옷 입고 뽐도 내봐야지

어제까지 즐겨 먹었던
바삭한 치킨이랑 피자의
그 느끼한 유혹에서
이제 그만 벗어나야 해

트레이닝복에
운동화를 신고 걷는 거야
힘들 때마다 통통해진
내 뱃살을 떠올리면서….

당의정(糖衣錠)

분홍빛의
당의정 한 알
고운 빛깔만큼이나
맛과 향도 좋아라

입안에 넣고
사탕처럼 살살 굴리니
달콤한 맛과 향에
온몸 녹아내리네

황홀경에 빠질 때쯤
혀끝으로 전해지는
너의 따끔한 경고
"아프지 마."

딱밤

친구랑 내기를 했다
내가 이겼다
벌칙은 딱밤 한 대

온 힘을 다해
손가락 시위를 당겨
딱밤을 날렸다

딱밤을 먹은 건
바로 넌데
내 눈이 고소하다

모기

졸음이 이른 봄
우박처럼 쏟아지던 날
귓가를 맴도는 모기 한 마리
며칠을 굶었는지
빨대 같은 주둥이로
내 온몸의 피를
모조리 빨아먹을 기세다
저리 가라고 손사래 칠수록
필살기로 덤벼드니
아! 이를 어쩐단 말이냐
잡아보라며 약이라도 올리듯
볼 위에서 앵앵 맴돌 때
잽싸게 달려나간 손바닥
철썩~
저만치 달아난 모기
내 졸음도 따라서 달아났다

민들레 홀씨

푸르름이 짙어가는
5월 어느 산책길에서
콧속으로 날아들어 온
민들레 홀씨 하나를 그만
꿀꺽 삼키고 말았어

내 몸 깊숙한 어딘가에
자리를 잡고 웅크리고 앉아
다시 날아오를 그 날을
학처럼 기다리면서
내년 이맘때쯤 노오란
꽃 한 송이 피우겠지

다시 5월이 되면 난
오늘처럼 산책하다가
저 넓은 허공을 향해
크게 재채기를 할 거야
몸속 둥둥 떠다니는 홀씨
멀리멀리 날아가라고

버려진 껌딱지

그 누구의 입안에서
달콤한 사랑놀이 즐기다가
쓸쓸하게 버림받은 껌일까

달구어진 아스팔트 위에
술 취한 노숙자처럼 드러누워
늘어진 몸뚱어리 주체 못하네

뜨거운 태양이 반쯤 기운 오후
휘청거리듯 걷는 아가씨
하이힐 뒤꿈치에 달라붙었다

"이번엔 버림받지 말아야지
절대로 떨어지면 안 돼"
결심처럼 껌이 굳어간다

별 헤는 밤

마당에 피워놓은 모깃불이
매캐한 향기를 내뿜으며
너울너울 춤추는 여름밤

마당에 멍석 깔고 드러누워
캄캄한 밤하늘을 바라보니
보석같이 박혀있는 수천 개의 별

우수수 쏟아져 내리더니
내 까만 눈동자에 박히고
펄떡이는 심장에도 박혔다

밤하늘이 된 넓은 마당
내 몸에선 별이 반짝이고
하늘에는 모깃불 하나가 타고 있다

보름달

당신의 찌푸린
얼굴을 보면
난 말할 수 없어요
환하게 웃어주세요

별들의 따뜻한
응원 없이도
난 말할 수 없어요
별과 함께 와 주세요

은밀하게
당신께만 말할게요
간절한 내 소원
외면하면 안 돼요

새치

쉿!
누구에게도
들키고 싶지 않은 비밀인데
짓궂은 바람은
과거 들추려 수시로 염탐하고
들킬 수 없어 난
모자 눌러쓰고 시침 뚝

바람아!
건들지 마라
숨기고픈 과거
애써 들추려 하지 마라
너 지나온 길
지난밤에 들었느니라

선풍기 다시 돌다

고장이 난 선풍기를
버리고 돌아서는데
선풍기가 돌고 있다

불어오는 바람에
리듬까지 타면서
쌩쌩 돌아가고 있다

지난여름 내내
입김 같은 바람 불어
무더위를 쫓아내더니

내보낸 바람을
다시 불러들이는 걸까
바람에 선풍기가 돌고 있다

신용카드

여인네들 은밀한
다리 사이 드나들며
온갖 재미 다 보더니
한 달도 못 되어
내 집 안방에 날아든
여인네들 연서

유혹을 멀리하자
밤새 다짐하고
손가락 걸어 맹세하지만
3일도 못 가서
여인네 앞에
발기되어 서 있네

어머니의 장독대

동자승 같은 머리에
묵직한 모자 눌러쓰고
옹기종기 모여 앉은
못난이 뚱뚱보 형제들

저마다 타고난
구수한 입담 뽐내면
담장을 넘어가는
자지러지는 웃음소리

토방에 쭈그리고 앉아
나물 손질하시던 어머니
뚝배기 들고 총총총
뒤곁으로 향하신다

모자 벗어 반갑게
인사하는 뚱뚱보 형제들
들고 온 어머니 뚝배기에
웃음보따리 한가득 담아주네

오월의 장미

오월 담벼락 너머로
줄지어 편 장미
늘씬한 키에
가느다란 목을 빼고
미인대회라도 열린 것일까
발그레한 얼굴마다
진한 분내 진동하고
지나가는 사람들
죄다 불러 세운다
“우리들 중에서
누가 제일 예뻐요?”
서로가 예쁘다며
꽃발 들어 얼굴 들이대니
바라보는 눈이 호강한다
장미 송이송이 마다
눈 맞추고 돌아설 때
엉거주춤 지나가는
바람 등허리에
분내를 입에 문
꽃잎 한 장 업혀 간다

와이퍼

비를 어지간히도
좋아하나 보다

햇살 좋은 날엔
넙죽 엎드려 잠만 자더니

비 오는 날이면
양팔 벌리고 춤을 춘다

빗줄기 거세질수록
더욱 현란(眩亂)해지는 춤사위

세상이 빗물에 잠겨서
바다가 되어도 멈출 것 같지 않다

아! 오늘만큼은 다 잊고
너처럼 춤이나 추었으면….

의심(義心)

아니겠지, 아닐 거야
수백, 수만 번 다짐해도
모래알 같았던 불신은
머릿속을 쉼 없이 구르더니
거대한 바위로 변해버렸다
이제 더 이상
모래알은 존재하지 않는다
불신의 캡슐 속에 갇혀서
행방마저 묘연해진 믿음아!
감은 눈을 뜨고 귀를 열어
불신의 벽을 허물어라
그 속에서 진실로 빛나는
모래 한 알을 찾아내라
믿음도 불신도 결국
내가 만든 성인 것을
애써 모래알 굴려
바위 만들지 말아라
진실의 종 세차게 울리면
부끄러운 마음
어느 모래 뒤에 숨길래

잉꼬 새가 미워라

서로가 좋아라고
지저귀는 잉꼬 새가
너무너무 얄미워라

미워할 사람도
사랑할 사람도
나에겐 없는데

한때는 나도
조잘거리는 새였지
너만 바라보던 새

왜 떠났을까
어디로 떠났을까
사랑아, 내 사랑아!

서로가 좋아라고
지저귀는 잉꼬 새가
오늘따라 얄미워라

내 손에
딱총이 있다면
한 방 날리고 싶구나

자동이체

매달 그날이 되면
난 도둑을 맞는다

밤도 아닌
벌건 대낮에
두 눈을 멀뚱멀뚱 뜬 채
훔쳐가도 모르는 척
그렇게 매달
난 도둑을 맞는다

비웃기라도 하듯
흔적을 남기며
제집 물건 챙기듯 주섬주섬
훔쳐가는 도둑이지만
그래도 밉지 않은 건

나중에 이자를 쳐서
돌려주겠다는 그
약속 믿기 때문이겠지
내 노후를 보장해주겠다는
달콤한 그 약속 믿고 싶은
내 간절한 마음 때문일 거야

잠 오지 않는 밤

새벽에 집을 나간 놈이
자정이 다 되도록 돌아오지 않고
아직 깜깜무소식이다
어딜 싸돌아다니고 있는 걸까
매일 처먹고 자빠져 자는 게
전부인 놈이
아침 출근으로 바쁜 내가
강제로 밀쳐냈기로
그게 그렇게 억울한 일일까
얄밉다가도 밤이면 외로워
그놈을 기다리게 된다
그놈이 돌아올 때까지
가만히 누워 시계만 바라본다
행여 불을 끄면 돌아올까
두 눈 뜨고 기다리다
아침을 맞이하기도 한다
오늘 밤 그놈은
어디서 무얼 하길래
아직 돌아오지 않는 것일까
기다리는 마음 알기나 할까

축구공

모난 성격도 아니건만
넓은 운동장 한가운데
구경꾼들 눈앞에서
차여야 하는 신세

쫓기듯 가는 곳마다
한 번 차보겠다고
머리와 발을 들이대며
벌떼같이 달려드는 추격자들

내가 가는 곳이
허공이든 동네 텃밭이든
멈추지 않는 추격자들의 질주
지구 끝까지 따라올 기세다

쳐놓은 그물에 내 몸이 걸려서
토끼처럼 바둥거릴 때면
폭죽 터지듯 울려 퍼지는
구경꾼들의 환호성과 박수 소리

그래, 까짓것 차여주자
못 이기는 척 그물에 걸려서
잠시 쉬어도 보자, 사랑하는
내 임께만 안 차이면 되지 않겠는가….

코로나 19

봄 햇살이
발을 내딛기도 전에
새치기하듯 찾아온
반갑잖은 놈이
발정 난 수캐처럼 여기저기
영역표시를 한다

영역에서 밀려난
봄을 기다리던 사람들
대문 걸어 잠그고
안방 깊숙이 숨었다

"저놈 눈에
절대로 띄면 안 돼"

두 눈만
빠꼼이 내놓고
창문 열어 밖을 보니
옛동무 찾아온 봄
생글생글 웃으며
꽃을 들고 서 있네

어쩌지?
어떻게 하지?
새빨간 눈을 부라리며
대문 밖에 버티고 선 저놈이
지쳐 돌아가기만 기다린다
제비꽃 마중은 꼭 가야 하니까….

조끼를 뜨다

가느다란 대바늘 두 개가
털실을 허리에 휘감고
사막에서 춤을 추기 시작한다

춤추고 지나간 자리마다
요술처럼 펼쳐지는 멋진 풍경
꿈속에서나 본 듯한 세상이다

사막 넓은 등에서 새끼 돌고래가
헤엄을 치고 가슴에선 사계절
들꽃들이 모여서 향기를 뽐낸다

연못 같은 목덜미에 다다르면
털실을 휘감았던 손 스르르 풀고
스스로 생을 마감하는 대바늘

천장(天障)과 바닥

첫눈에 반한 너와 내가
서로 마주 보고 드러누워
은밀한 눈빛 주고받은 지
벌써 몇 해가 지났던가
손을 뻗으면
닿을 것도 같은 거리를
마주 보고 누운 채
난 너만 바라봐
넌 나만 바라봐
희미한 형광등 불빛 꺼지고
모두가 잠든 밤에도
잠들지 못하는 너와 나
“네가 올라와”
“아냐, 네가 내려와야지”
또다시 시작된 신경전
오늘 밤에는
손이라도 잡아볼 수 있을까….

표절(剽竊)

내 화단의 꽃을 뽑아다
자기네 화단에 심어놓고
자기 꽃이라고 우긴다

봄부터 꽃씨 뿌리고
거름 주며 가꾼 정을
한순간에 도둑맞았다

이게 누구의 꽃이건
꿀벌은 관심도 없고
그저 꿀만 빨고 있다

한여름 소나기

목젖까지
바짝바짝 타는 갈증
해소할 길 없고

끓어오르는 분노
이글거리는 눈동자
온몸이 불덩인데

타서 재가 될 것 같은
아스팔트 몸뚱어리 위로
세찬 소나기가 내린다

흘려보낼 틈도 없이
벌컥벌컥 마셔버린 빗물
아! 오늘 저녁은
굶어도 배가 부르겠구나

홍시

햇살이 봄부터
쏘아 올린 촉에
동그란 홍등이 켜지면
까치들 모여서 축제를 한다

밤마실 나온 보름달도
감나무 가지에 동그란 등
하나 매달아 놓고 걸터앉아
흥겨운 축제를 즐기는데

동그랗던 홍등이 점점
일그러져 가니 덩달아
야위어 가는 보름달
축제는 아직 끝나지 않았는데….

횡재

오랜만에 꺼내 입은
외투 주머니에서 발견한
만 원짜리 지폐 두 장
오! 이게 웬 횡재란 말인가
그 어느 날엔가
무심결에 넣었다가
깜빡 잊은 돈이겠지
그 날로 잊고 살았던 거야
공짜 돈도 아니요
원래 내 돈이었는데
횡재라도 한 듯한
이 기분은 무얼까
갑자기 얻은 행복
이게 바로 횡재 아니겠는가

3부

사랑한다고 말하지
말 걸 그랬어

가슴을 타고 흘러내리는
뜨거운 눈물은 어느
바람결에 식었을까
눈물 자국 위로 차가운
서리꽃이 하얗게 피었네

겨울비

겨울비가 내린다
대지가 젖기도 전에
흠뻑 젖어버린 내 마음

청춘을 불사르다
붉은 노을 속으로
호올로 걸어간 임

식지 않은 열정은
마지막 잎새처럼 남아
겨울비로 서 있는데

멈춰버린 추억들이
그리움을 적시며
줄줄 찬비가 내린다

그리운 너

너를 닮은 눈빛이
밤마다 창가를 서성인다

희미하게 빛나는 별이
꼭! 너일 것만 같아

그 별을 위해 기도한다
너를 위해 기도한다

높은 곳에서 빛나는
넌 내 그리움

그리움 꽃

사랑할 땐
가슴속이 온통
핑크빛으로 물들더니

이별한 후엔
불을 밝혀도 사방이
암흑으로 변해버렸어

잊자고 다짐해도
상처 난 가슴에서 피어나는
이 죽일 놈의 그리움 꽃

꽃비 내리던 날

꽃비 내리던 날
텅 빈 내 가슴엔
꽃잎 가득 쌓였지

머리 위에도
발등 위에도
수북하게 쌓인 꽃잎

불어오는 바람에
쌓인 꽃잎 흩어질 때
설핏 스치는 얼굴 하나

꽃비 내리던 날
잊었던 네 생각에
그리움 꽃잎 가득 쌓였지

낙엽이 지네

여름내 쏟아지던
햇살의 화살촉에
연둣빛 가슴마다
새파랗게 멍들었네

괜찮은 척
침묵하던 가슴에
붉은 선혈 낭자한데
바람은 입김 불어 넣고

가슴을 후려치는
늦가을 비바람에
공포에 찬 눈망울에선
뚝뚝 눈물이 떨어진다

꽉 움켜쥔 손가락
마디마디가 시려 오고
앳된 몸뚱어리 파르르 떨려오는데
바람은 어서 가라며 등을 떠미네

네가 그리운 날에는

지난날의 추억
가슴에 묻고 살아도
네가 그리운 날에는
노란 국화차를 마신다

찻잔에 너를 담아
뜨거운 눈길 보내면
고개 들며 떠오르는
너의 해맑은 미소

금방 감은 듯 찰랑거리는
머릿결에서 풍기는 향기
다가가 살며시 입 맞추면
어느새 안기어 오는 너

네가 못 견디게 그리워
서럽게 울고 싶은 날에는
큰 잔 가득 국화차를 마신다
그리운 너를 마신다

눈 오는 날에

오라고 손짓해도
꿈쩍 안 하던 여인이
떠난 이가 깔아놓은
노랑 빨강 융단 밟고
사뿐사뿐 내려옵니다

사랑하다 떠난 임
잊자 해도 정 그리워
날마다 그리움의 융단
오실 길에 깔아놓고
학처럼 기다려 봅니다

왔던 길 하얗게 지우며
걸어오는 눈처럼
오지 않는 내 임은
추억을 지우고 또 지우며
내 그리움의 강을
이미 건너갔나 봅니다

달맞이꽃

오늘 밤에도
만날 수 있을까
노랗게 분단장하고
임 오실 길목 서성이네

사랑한다고
먼저 고백을 할까
고민하고 망설이다가
흘려보낸 수많은 밤

내 눈물 같은
새벽이슬 적셔두고
홀로 떠나간 임이
못 견디게 그리워라

그 자리 멍하니 서서
임 떠난 하늘 바라보다
아침 햇살 촉에 찔린
이슬방울 하나 떨어진다

동백꽃이 필 때면

동백꽃이 필 때면
생각나는 사람
바람처럼 구름처럼
그리고 강물처럼 살자면서
모란 동백 유행가를
멋들어지게 불러주던 사람

다시 겨울은 돌아오고
동백 가지마다 맺힌 꽃봉오리
터질 듯 부풀었는데
그 사람 모습은 보이질 않네
동백꽃이 활짝 피면
꽃을 바라보듯
그 사람 볼 수 있다면….

봄비에 꽃잎 지네

발정 난 암캐처럼
향기 솔솔 풀어헤치고
젖가슴 보일 듯 말 듯
드레스 입고 까불더니

간밤 내린 봄비에
드레스는 찢어지고
지나가던 바람에게
머리채도 잡혔나 보다

축 늘어진 몸뚱어리
잔뜩 겁먹은 눈망울로
바들거리는 손을 흔들며
아침 창가에서 인사하네

헝클어진 긴 머리
햇살이 빗질할 때
그래도 여자라고 돌아앉아
찢어진 드레스 고쳐 입네

비가 내리는 날이면

오늘처럼 종일
비가 내리는 날이면
한줄기 빗물 되어
너도 왔으면 좋겠어

사랑한다고
고백 한 번 못하고
타는 애간장에
쩍쩍 갈라진 가슴

꿈결처럼 다가와서
내 손을 잡는다면
감추었던 마음 살며시
고백하고 싶은데

언제쯤
내 사랑을 전할까
웃자란 그리움이
대문 밖을 서성이네

비를 기다리며

온다는 비는 며칠을
기다려도 오지 않고
내 가슴속에만
부슬부슬 찬비가 내리네

왜 그럴까
가슴 열고 들어가 보니
미쁜 임 그리워
내 가슴이 울고 있었어

비야! 비야! 내려라
소리 내어 종일토록 내려라
가슴속에 고인 빗물이 흘러서
임의 발목 적실 때까지….

사랑한다 말하지 말 걸 그랬어

불꽃같이 타오르던 우리 사랑은
여름날 용광로처럼 뜨거웠고
땅속 깊이 스며드는 소나기처럼
헤어나지 못할 만큼 깊어만 갔지

아침 해가 뜰 때쯤 속삭이듯
전해주던 너의 사랑의 메시지는
하룻길 열어주는 안내문이 되고
내겐 오직 너 하나뿐이었는데

무슨 사정 있었길래 다시는
찾지 말라는 짧은 메시지
달랑 남겨두고 떠나갔을까
네가 너무 밉고도 그리워
사랑한다 말하지 말 걸 그랬어

독수리의 성난 부리가 날마다
피멍 든 내 심장을 쪼는 것 같아
너무 아파서 숨을 쉴 수가 없어
차라리!
사랑한다 말하지 말 걸 그랬어

상처

물을
한가득
안고 있는 풍선

살짝만 건드려도
툭 터져서
울음바다 될 것 같아

그저
가슴으로만
살포시 안아줍니다

싸락눈 내리는 날

싸락눈 내리는 날
가을을 떠난 낙엽들이
병든 노숙자처럼
겨울 문턱을 넘는다

홑이불 같은 싸락눈
머리까지 덮이면
바스락바스락
쿨럭이는 잔기침 소리

젊은 날을 함께 했던
소녀 따라간 친구는
어느 책갈피 관속에서
한 편의 시가 되었겠지

잔뜩 독오른 찬바람은
홑이불 들추며 입김 불어 넣고
그칠 줄 모르는 기침 소리에
겨울은 두꺼운 이불 바느질하네

아버지의 의자

토방(土房) 위에
발이 다섯 개 달린
아버지의 낡은 의자

병들어 아픈 몸 기댄 채
새벽 밭일 나가신 어머니
기다리시던 의자인데

아버지 떠나신 후
빈자리 허전했던지
먼지만 끌어안고 서 있다

길게 늘어지는 그림자
아버지는 오늘도
안 오시려나 보다

아쉬운 미련

춘삼월 가지마다
꽃피고 새잎 돋을 때
너와 나의 가슴에도
수줍게 꽃은 피고
꽃 진 자리마다
알알이 열매 맺혔지
밤마다 달빛에 목욕하고
한여름 소낙비도
손잡고 맞으니 행복했는데
어느 바람결에 틈이 생긴 것일까
곱게 물든 단풍잎은
바람 따라 떠나가는데
너와 나의 가슴엔
익지 않는 열매만
잔뜩 맺혀 대롱이는구나
빨갛게 익을 줄 모르는
열매는 새들도 마다하고
가시 같이 돋아난 그리움
앙가슴만 찌르는데
어느 햇살이 살갑게 다가와
우리 열매 익혀줄까

임 떠난 후에

비 오는 날 밤
번개처럼 다가와
붉은 입술 훔치더니
망설일 틈도 없이
내 마음 뺏어간 임

영원히 함께하자던
약속은 거짓말이었던가
나만 홀로 남겨두고
저 멀리 떠나갔네

임 떠난 자리마다
향기로 피어나는 추억들은
춘삼월 그 날만 같은데

가슴을 타고 흘러내리는
뜨거운 눈물은 어느
바람결에 식었을까
눈물 자국 위로 차가운
서리꽃이 하얗게 피었네

지울 수 없는 그리움

이별의 오솔길 따라서
안녕이란 인사도 없이
떠나버린 널 못 잊어

저장된 전화번호 지우고
추억의 사진 모두 지워봐도
머릿속을 떠나지 않는 너

원망하면 잊힐까
차라리 죽도록 미워하면
그땐 잊을 수 있을까

사그라들지 않는 그리움
점점 사위어가는 저 달은
꼭 내 마음 같구나

첫눈

온다 온다
기다리게 해놓고
오지 않던 임인데

긴 기다림에
지쳐 잠든 새벽녘
도둑처럼 다녀갔어요

하고 싶은 말도
듣고 싶은 말도
어이 참고 살라고

이른 아침 창가에
“사랑해” 한 줄
엽서 한 장 걸려있어요

4부

어머니도 내가 미웠을까

사는 게 힘들다고
한숨 짓는 사람들아!
저기 저 들꽃을 보라
고난을 이겨내고 쏘아 올린
저 진한 꽃향기를 맡아보라

간밤에

초저녁부터 밤하늘을
배회하던 초승달이 옆집
담벼락을 기웃거리나 보다

대문 앞에서 꾸벅꾸벅
졸던 늙은 누렁이가 놀란
눈을 치켜뜨고 짖어댄다

도움 요청이라도 한 것일까
잠자던 동네 개들 죄다 깨어
성난 듯 일제히 짖어댄다

한밤중 개 짖는 소리가
들리거나 말거나 초승달은
유유히 담벼락을 넘어서고

조롱하듯 지나가는 달그림자
끝까지 추격하는 개 짖는 소리
고요한 달밤이 무진장 시끄럽다

강아지가 죽었다

18년이란 긴 세월 동안
애지중지 키운 강아지가 죽었다
가족이 죽은 것처럼 몹시 슬프다
우리 아이들과
어린 시절을 함께 보냈는데
아이들은 자라서 성인이 되었어도
여전히 세 살배기 아기 같았던 강아지
화장을 하고 즐겨 산책하던
뒷산 상수리나무 아래에 뿌렸다
넓적한 돌을 주워와 탑을 쌓고
하얀 국화도 한 송이 놓고 내려오는 길
어디선가 떠난 강아지 냄새가 난다
햇살이 되어 내 코끝에 스친 것일까
바람이 되어 내 뒤를 따르는 것일까
오던 길 돌아보니 상수리나무
손바닥 같은 이파리들이 바람에 흔들린다
잘 가라는 인사라도 하듯….

그대 지금 행복하신가

행복하게 사는 건
누구나 바라는 일이다
행복해지기 위해서
끊임없이 사랑을 갈구하고
힘든 노동을 하며 돈을 벌고
맛있는 음식을 먹고
멋진 곳으로 여행도 떠난다
타인의 행복을
질투의 눈으로 바라보면서
행복은 내 몫이 아닌 것 같아
세상을 비난하는 입가에
부글부글 하얀 거품이 인다
행복은 마음속에 있는 것
만족의 미끼로만 낚을 수 있는
인생의 월척인 것을
불행하다 한숨짓는 사람들아!
지금 그대의 낚싯대를 살펴보라
불만의 미끼 끼워 놓고
행복이 낚이길 바라고 있지는 않은가
행복하게 살고 싶다면
당장 미끼부터 갈아 끼우라

행복은 늘 당신 곁을 맴돌며
당신이 끼워줄 만족의 미끼를
입맛 다시면서 기다리고 있다

기회

내 돈 떼먹고
도망간 놈도 아닌데
한 번 잡아보겠다고
평생을 벼르며 산다

운이 좋은 사람은
젊은 시절에 만나
호사를 누리기도 하지만
알아차리지 못해 눈앞에서
놓치는 경우가 더 많다

허황된 꿈꾸는 사람일수록
그놈에게 거는 기대는 크다
얼마나 대단한 놈이길래
모두가 잡지 못 해 안달할까

놓치고 난 후에야 알게 되는
그놈의 정체
오늘은 또
누구에게 다가가
시치미 떼고 조롱하고 있을까

김밥을 먹으며

허기를 달래려고
우연히 들른 분식집
예쁠 것도 없는 접시에
가지런히 담긴 김밥을 보니
우리 가족을 보는 것 같다
한가운데 기둥처럼 박혀있는
듬직한 단무지는 우리 아버지
그 옆에 옹기종이 둘러앉은
햄과 채소들은 우리 사 남매
행여 엇나갈까 염려하시며
그 둘레를 꼭 감싸고 있는 김은
가족들을 사랑으로 끌어안으시는
어머니 우리 어머니!
단무지 같았던 아버지 돌아가시고
사 남매 뿔뿔이 흩어져 살아도
자식 걱정하시는 어머니는 오늘도
야윈 두 팔로 자식들을 끌어안으신다
그 옛날
아버지 살아계실 적 생각하시면서….

꺾인 갈대의 꿈

바람의 입김으로 태어나
바람과 맞서야 하는 슬픈 운명
나를 자빠뜨려 보겠다고
두 눈 부릅뜨고 달려드는
덩치 큰 너와 외발로 맞선다
오만에 찬 너의 싸대기질에
앳된 몸뚱어리 비틀거리고
솟대 같았던 모가지가 꺾였다
무심하던 하늘도 그날은
회색빛 눈물방울을 뚝뚝 떨구었지
네가 가로막고 서 있는 저 강둑에서
파편처럼 튕겨 나간 꿈 하나
오롯이 이루면서 살아가는 길
아서라, 바람아!
너의 오기 거세질수록
더 단단하게 여무는 꿈이란다
겨우내 눈 감고 침묵하며
너의 등 밀쳐내고 뛰어오를
발톱 하나 돋아나길 기다린다
여전히 손짓하는 나의 길
저 강둑을 바라보면서….

꽃샘추위

오지게 한판 놀았으니
자리를 내준다 해도
억울할 일도 아니다만

곁눈질 치며 다가오는
너를 보고 있자니 슬슬
악다구니가 치밀어 온다

떠나야지, 꾸려놓은
짐보따리 죄다 풀어놓고
외투랑 양말까지 벗었다

아랫목에 벌러덩 드러누워
턱밑까지 이불 끌어당기니
아! 다시 내 세상이로구나

꽃을 보면

꽃을 보면 괜스레
기분이 좋아진다

꽃이 날 보고 웃는 건지
내가 꽃을 보고 웃는 건지

꽃은 향기를 전해주고
난 사랑의 눈길을 건네주고

살아가면서 나도
누군가의 꽃이 되고 싶다

꽃이

꽃이
내게 물었다
예쁘냐고

꽃이
내게 물었다
향기롭냐고

내가
꽃에게 대답했다
거울 앞에 선 것 같다고

나이트클럽에서

기분 좋게 취한 날
직장 동료들과 놀러 간
계산동의 나이트클럽

고막을 찢는 듯한 음악 소리
뱅글뱅글 돌아가는 화려한 불빛은
나를 무대 위로 끌어 내렸지

거부할 수 없는 유혹의 밤
그 품에 안겨 흐느적흐느적
난 어설프게 춤을 추었어

아! 멈출 수가 없었어
춤이 좋아서가 아니야
술에 취해서도 아니었어

톱니바퀴 같은 세상 속
난 작은 부속품이 되어
뱅글뱅글 돌고 있었던 거야

늦가을 길목에서

늦가을 바람이 뒹구는
낙엽들을 비질하는 오후
의족을 한 청년이 인도에
넙죽 엎드려 목청껏 외쳐댄다

“귤 좀 사주세요.
한 바구니 오천 원에 드릴게요.”

행인들 주머니 깊숙이 잠자는
지갑은 깨어날 줄 모르는데
쫓기듯 걷는 발걸음 소리가
졸고 있는 겨울을 깨운 것일까
얼음 칼 옆구리에 찬 동장군이
졸병들 모아 전투태세 갖추네

들꽃처럼 살아야지

숨 쉴 틈만 있으면
싹을 틔우고 꽃을 피우는
저 강인한 들꽃을 보라

그곳이 달궈진 아스팔트
틈새든 켜켜이 쌓인
돌 틈이든 마다하지 않고
우뚝 서서 승리의 고운
꽃잎 깃발을 흔들지 않느냐

사는 게 힘들다고
한숨 짓는 사람들아!
저기 저 들꽃을 보라
고난을 이겨내고 쏘아 올린
저 진한 꽃향기를 맡아보라

산다는 건
고난의 씨앗에 싹을 틔우고
오롯이 꽃 한 송이 피우는 일
한숨의 폭탄일랑 저만치 던져버리고
딛고 일어설 발톱을 세우자
언제나 희망을 잃지 않는
저기 저 들꽃처럼….

삶에서 죽음까지

사람은 태어날 때
하늘이 주신 멍에를 짊어지고
한 방울의 빗물 방울로 떨어져
강을 지나 바다로 흘러간다

어떤 이는 산골짝에 떨어져
맑은 개울물로 흐르고, 또
어떤 이는 도시의 공장 굴뚝에
떨어져 하수구 물이 되기도 한다

세월 강 노 저으며 흘러갈 때
누가 앞서고 누가 뒤따르는지는
보지 말자, 굳이 따지지도 말자
어차피 도착역은 바다가 아니던가

하얀 이빨을 드러내며 잡아먹을 듯
달려드는 사나운 맹수 바다 품에서
긴 여정의 묵은 각질들 벗어던지고
폼나게 자결하는 꿈이나 꾸자

바람이 세차게 부는 날이면
죽은 영혼들의 울부짖는 소리
가슴 밑바닥까지 흔드는데
바다는 어서 오라며 손짓을 하네

사는 게 다 그런 거지

겨울을 이겨낸 나뭇가지마다
승리의 깃발 펄럭이듯 향기를
입에 물고 꽃들은 피어나고

목에 칼날을 들이대던 시련도
참고 견디며 사노라면 무뎌진
칼날 위에 희망의 움이 싹튼다

산다는 건 나를 향한 날 선
시련의 칼날을 인내로 맞서며
무뎌진 칼날 위에 나를 세우는 일

남의 인생 평탄한 듯 보여도, 그도
지금 시련 앞에 무릎을 곧추세우며
힘겹게 버티고 있는 줄 알아라

사는 게 다 그런 거지
사는 게 다 그런 거야

소나무

언제나 꾸밈없는 옷차림에
촌스럽다 까불며 비웃던
변덕쟁이 단풍나무야!

추풍의 유혹에 넘어가
입었던 옷마저 벗어주고, 이젠
앙상한 자존심만 남았구나

유혹과 환락이 판치는 세상
난들 갈등한 적 없었겠는가
흔들렸던 적이 왜 없었겠는가

그럴 때마다 헝클어진 머리카락
정갈히 빗어넘기고 비뚤어진
옷매무새 더 단단히 여민단다

어머니도 내가 미웠을까

어머니도 내가 미웠을까?

어린 시절
두 살 터울인 남동생과 싸우면
어머니는 늘 동생 편을 들어 주셨다

"누나가 돼가지고 동생이랑 싸우면 쓰것냐?"

"어머니는 날 미워하는 거야.
동생만 예뻐하는 거야."
어린 마음에 원망도 많이 했었지

그런데 내가 어머니를 따라 할 줄이야

한 살 터울인
내 아이들이 싸울 때면
나도 모르게 동생 편을 들고 있다

"엄마는 나만 미워해."

나를 쏘아보며 대드는
앙칼진 목소리의 딸아이가
밉다, 정말로 밉다

그때 어머니도
내가 정말로 미웠을까?

옆집 할머니

벌써 30여 년째
아기가 되어
며느리의 품에서
행복해하시는 할머니

아침마다
유치원에 가시는 양
며느리 향해 손 흔드시며
시설 차에 오르신다

끼니때마다
밥 한 공기
뚝딱 해치우시고는
밥을 안 줬다며 떼쓰는
얄미운 아기

집안의 화초 이파리들
주름진 손으로 잘게 찢어
소반 지어놓고
제일 먼저 며느리를 챙기신다

아기로 살아서일까
백발 틈으로
새싹같이 올라오는
새까만 머리카락들

철들지 않는
아기 돌보느라
며느리 머리엔
흰머리만 늘어 가는데….

저울과 자

우리는 머릿속에 저마다의
저울과 자를 가지고 있다
사소한 일이나
큰일이 있을 때마다
잽싸게 들이대는 저울과 자
내게 득이 되는지
아니면 손해가 얼마인지
조그만 눈금 하나에도 예민해진다
누구를 위한
그 무엇을 얻기 위한 저울과 자란 말인가?
저울의 추가
나를 외면하고 자의 눈금이
나를 무시하더라도 노여워 말자
거짓과 탐욕 속에 가려진 진실들을
어찌 기계로 측정할 수 있겠는가
조금은 손해 보듯 살면
마음은 여유로 채워진다
자로 잴 수 없고
저울로도 측정할 수 없는 것
그것이 사람 사는 정이 아니겠는가
기계의 눈금에서 자유로워지면
여유의 눈금은 내 쪽을 향해
묵직하게 기울 것이다

천장(天障)

고단한 하루 강 건너서
관속 같은 방 안에 벌레처럼
기어들어가 나를 뉘니

멀뚱거리는 두 눈동자
천장에 대못처럼 박히고
몸은 침대 붙박이장 되었네

천장과 마주하고 누운 밤
어둠은 고단한 이불 펼치며
어서 자라 가슴을 토닥이는데

지나온 긴 하루가 지루한
영화 필름처럼 돌아가고
돌아누운 잠이 투정을 한다

버려진 껌딱지

이순오 지음

발 행 처 · 도서출판 **청어**
발 행 인 · 이영철
영　 업 · 이동호
홍　 보 · 천성래
기　 획 · 남기환
편　 집 · 방세화
디 자 인 · 이수빈 | 김영은
제작이사 · 공병한
인　 쇄 · 두리터

등　 록 · 1999년 5월 3일
(제1999-000063호)

1판 1쇄 발행 · 2020년 9월 10일

주소 · 서울특별시 서초구 남부순환로 364길 8-15 동일빌딩 2층
대표전화 · 02-586-0477
팩시밀리 · 0303-0942-0478

홈페이지 · www.chungeobook.com
E-mail · ppi20@hanmail.net
ISBN · 979-11-5860-881-1(03810)

이 도서의 국립중앙도서관 출판시도서목록(CIP)은 서지정보유통지원시스템 홈페이지(http://seoji.nl.go.kr)와 국가자료공동목록시스템(http://www.nl.go.kr/kolisnet)에서 이용하실 수 있습니다.(CIP제어번호: CIP2020034278)